Pascale Hédelin .

La véritable histoire de
Coumba,
petite esclave
au XVIIIe siècle

bayard jeunesse

La véritable histoire de Coumba a été écrite par Pascale Hédelin
et illustrée par Charline Picard.
Direction d'ouvrage : Pascale Bouchié.
Texte des pages documentaires : Pascale Hédelin.
Illustrations : pages 8, 15, 24, 35, 41 : Nancy Peña ;
pages 16-17 : Goulven Gallais ; pages 26-27 et 36-37 : Emmanuel Cerisier.

La collection « Les Romans-doc Histoire »
a été conçue en partenariat avec le magazine *Images Doc*.
Ce mensuel est édité par Bayard Jeunesse.

CHAPITRE 1

CAPTURÉE !

Un vent chaud et sec souffle ce matin sur le village, apportant les odeurs de la savane. Coumba reconnaît bien celles du lion, du buffle, de l'herbe grillée par le soleil… Comme elle aime ces odeurs !

À l'entrée de la case, son petit frère sur le dos, la fillette pile le mil à grands coups énergiques. Elle est mince et robuste pour ses neuf ans. Soudain, elle lance à son petit frère :

– On attrape la vieille poule, Komi ?

Et elle bondit à la poursuite de la poule qui s'enfuit affolée :

– Kêêêk kêk kêêêk !

Komi rit aux éclats. Mais soudain Coumba heurte une racine, perd l'équilibre et s'étale par terre. Ouf ! son petit frère n'a rien. Par contre elle s'est ouvert le genou !

– Toujours à te précipiter et à faire des bêtises ! s'exclame sa mère, la seconde femme de son père. Et ton frère alors, tu fais attention à lui ? lui demande-t-elle en lui reprenant le bébé.

Coumba proteste :

– Ce n'est pas de ma faute, c'est cette racine idiote ! Et puis Komi n'a rien du tout.

Et elle fait claquer un baiser sur la joue de l'enfant. La fillette est vexée, elle déteste se faire gronder !

Son genou lui fait mal, aussi elle va voir Adjilé, le père de son père, dans sa case. Adjilé est guérisseur : il soigne les blessures et les empoisonnements, chasse les mauvais esprits, connaît les signes qui portent chance ou malchance et parle avec les ancêtres morts… Comme

tous ceux du village, Coumba le respecte beaucoup. Elle admire tant sa sagesse et son calme !

Le vieil homme l'accueille en tiraillant sur sa barbe :

– Tu t'es encore blessée, ma petite gazelle ! Approche…

Délicatement, il applique sur son genou une pâte verte qui sent fort. Cela brûle mais Coumba tient bon. Elle observe les mystérieux objets qui l'entourent : le masque aux yeux fendus, la dent de lion, la statuette du dieu-crocodile…

Tout à coup le vieil homme frémit, inquiet :

– Entends-tu la plainte du vent ? Un grand malheur va se produire, je le sens !

Non, Coumba n'entend pas. Elle n'a plus mal au genou et se lève d'un bond :

– Merci, grand-père Adjilé, je suis guérie !

Et voilà qu'elle renverse la statuette sacrée du dieu-crocodile. Sous le choc, celle-ci se brise net. Coumba est catastrophée !

suite page 9

L'AFRIQUE AU XVIIIe SIÈCLE

Une grande diversité de peuples

Dès le Moyen Âge, l'Afrique noire est constituée de
nombreux royaumes. Certains, tel le Dahomey, sont riches
et puissants. Rivaux, ces royaumes se font souvent la
guerre. Leurs peuples sont très divers et ont des traditions,
des croyances, des formes d'art différentes. Mais la plupart
vivent en contact étroit avec la nature et considèrent les
animaux comme des génies aux pouvoirs magiques.

Voici les colons européens !

Jusqu'au XVe siècle, l'Afrique est mal connue des
Européens. Attirés par l'or et l'ivoire, les explorateurs
portugais sont les premiers à établir des ports de
commerce sur les côtes ouest. Ils en profitent pour acheter
des esclaves et les revendre en Méditerranée pour
récolter la canne à sucre. Bientôt la France, la Hollande,
l'Angleterre, le Danemark… s'installent aussi sur ces
côtes : c'est le début de la colonisation de l'Afrique.

Entre Africains

Traditionnellement, jusqu'au XIXe siècle, on pratique
l'esclavage en Afrique. Les esclaves sont souvent des
prisonniers de guerre. Ils font des travaux domestiques,
gardent les troupeaux, cultivent la terre ou deviennent
guerriers. Ils peuvent être bien ou mal traités, cela varie
beaucoup. Certains font partie de la famille.

Marchands arabes d'esclaves

Depuis l'Antiquité, le nord
et l'ouest de l'Afrique
commercent entre eux.
Les marchands musulmans
du nord échangent sel,
cuivre, chevaux, contre
de l'ivoire ou des esclaves.
Ces derniers sont fournis
par les rois et les chefs de
tribus mais aussi capturés
au cours de razzias,
des attaques éclair. Avec
l'arrivée des Européens,
le commerce d'esclaves
se démultiplie.

– Pardon, euh… pardon, bafouille-t-elle.

Sans un mot, Adjilé ramasse les morceaux. Sa main tremble, il est très contrarié.

Honteuse, Coumba fait une promesse à son grand-père :

– Ne t'en fais pas, grand-père Adjilé, je vais te sculpter une autre statuette du dieu-crocodile, elle sera encore plus belle !

En sortant de la case, elle frôle Membê, l'esclave, qui revient de son travail au champ. Il s'étonne :

– Sculpter ? Tu sais faire ça, Coumba ?

– Bien sûr !

Coumba l'aime bien mais parfois Membê l'agace ! En fait elle n'a jamais sculpté de sa vie, mais cela ne doit pas être bien compliqué. Tiens, elle va aller chercher un beau morceau de bois à tailler, ils vont voir de quoi elle est capable !

La fillette s'en va droit devant elle et s'enfonce dans la brousse. Elle marche longtemps sans rien dénicher. Tout à coup, un groupe de Fons, des guerriers ennemis, surgit de derrière les acacias. Ils se ruent sur Coumba.

Elle a beau résister, donner des coups de pied, mordre, elle se retrouve enchaînée. L'un des guerriers ricane :

— Quelle énergie ! Tu feras une esclave parfaite pour les Blancs ! Allez, en route !

— Esclave ? Moi ? balbutie Coumba.

Pas le temps de discuter. Sans ménagement, Coumba est poussée parmi d'autres prisonniers – des femmes et des hommes de tous âges, des enfants... Elle est attachée à une autre captive par une longue corde qui leur enserre le cou. Et sous la menace des bâtons et des lances de leurs gardiens, toute la troupe se met en marche à la queue leu leu.

— Je ne veux pas, je ne veux pas ! hurle Coumba, déchirée entre la rage et l'effroi.

— Tais-toi, ce n'est pas la peine, tu es perdue comme nous tous ! lui dit la femme devant elle.

Ses yeux sont baignés de larmes.

CHAPiTRE 2

L'ENFER SUR LA MER

Durant des heures, des jours, des semaines, les captifs, encadrés par les chasseurs d'esclaves, marchent sous le soleil. Les hommes sont emprisonnés par deux, le cou pris dans des fourches de bois. Les enfants traînent le pas à l'arrière, liés à leur mère.

C'est épuisant ! Coumba n'en peut plus, elle a mal aux pieds, à la tête, la corde lui scie le cou. Une fois, elle a failli tomber et a reçu un méchant coup de bâton. Mais certains souffrent bien plus qu'elle : trois vieillards sont morts de fatigue et deux enfants qui se sont écroulés ont été abandonnés. Les hurlements de leurs mères étaient insupportables.

Hélas, pas moyen de s'échapper : les prisonniers sont surveillés de près. Peu à peu, Coumba fait leur connaissance. Ils viennent de différentes tribus et beaucoup parlent des langues qui lui sont inconnues. Sourou, la femme liée à elle, est potière dans son village.

Souvent la fillette pense aux siens, là-bas : ils doivent être affolés par sa disparition ! Peut-être vont-ils surgir et la sauver ? Mais non, personne ne vient à son aide.

Finalement, au bout d'un mois de marche forcée, la troupe atteint la côte. Malgré son angoisse, Coumba est fascinée :

– La mer, c'est la mer !

Elle ne l'a encore jamais vue mais n'a guère le temps de l'admirer. Les captifs sont enfermés dans un enclos sale et sombre. Ils y restent de longs jours à attendre. Deux hommes qui se révoltent sont roués de coups.

Un matin, un homme blanc apparaît. C'est la première fois que Coumba en voit un ! Elle frémit :

– Il est horrible avec sa peau blanche ! Sourou, j'ai peur ! Est-ce qu'il veut nous manger ?

Sourou hausse les épaules :

– Mais non, il vient pour nous acheter. On est à Ouidah, c'est ici que les Blancs viennent acheter des esclaves, on me l'a dit.

Le Blanc, un capitaine négrier, examine les prisonniers et en choisit une bonne partie, dont Coumba et Sourou.

– Tous ceux-là sont en bon état, dit-il au chef des chasseurs d'esclaves. Je te les échange contre dix fusils et un sac de perles. Marché conclu !

Coumba et les autres sont embarqués sur un grand navire. Les voilà lancés dans la traversée de l'océan Atlantique !

Les hommes sont entassés et enchaînés à fond de cale, dans des espaces si étroits qu'ils n'y tiennent pas debout. Coumba a plus de chance : placée avec les femmes et les enfants à la poupe*, elle peut aller et venir. Mais le bateau tangue, sent mauvais, elle est malade et tous ces marins blancs lui font peur. L'océan immense l'impressionne aussi. Y a-t-il des esprits maléfiques dedans ? Et où les emmène-t-on ? Jusqu'à la fin du monde ?

Les siens lui manquent cruellement – son père, sa mère, Komi, grand-père Adjilé qui avait annoncé ce grand malheur, et tous les autres. Elle pleure souvent. Sourou la réconforte comme elle peut.

Les semaines défilent. Chaque matin, les marins font

* *Poupe : l'arrière d'un bateau.*

suite page 18

De nouveaux esclaves en Amérique

Au XVIe siècle, l'Espagne puis d'autres pays d'Europe commencent à envahir l'Amérique. Les propriétaires de grandes plantations ont besoin d'une main-d'œuvre solide, résistante au climat chaud et bon marché ! Les Indiens, trop affaiblis par le travail forcé, ne font plus l'affaire. On fait alors venir des esclaves d'Afrique.

La traite des Noirs

C'est ainsi qu'on nomme le commerce d'esclaves africains. Entre le XVIe et le XIXe siècle, plus de 11 millions d'Africains sont arrachés à leur terre. Ceux qui pratiquent ce commerce et le transport des esclaves sont des négriers. Ce mot est dérivé de « nègre », qui vient de l'espagnol *negro* et qui signifie noir. De nos jours, le mot « nègre » est raciste et méprisant.

Une pratique millénaire

L'esclavage existe au moins depuis l'Antiquité, en Égypte, en Chine, en Grèce, chez les Romains… Au fil des siècles, on en trouve trace un peu partout dans le monde. En particulier les pays puissants, bien organisés, soumettent des peuples qu'ils considèrent comme inférieurs et les réduisent en esclavage. Au XVIe siècle, par exemple, les colons espagnols obligent les Indiens d'Amérique à travailler pour eux et les maltraitent.

Un commerce florissant

Beaucoup de pays s'enrichissent car leurs dirigeants prélèvent des taxes sur les esclaves, comme s'ils étaient des objets ! Au XVIIe siècle, ce sont surtout l'Angleterre et la Hollande, puis viennent la Suède, le Danemark, l'Espagne et le Portugal. En France, au XVIIIe siècle, les ports de Nantes, Bordeaux, La Rochelle et Marseille prospèrent grâce à ce commerce.

LE COMMERCE TRIANGULAIRE

Le commerce d'esclaves se fait entre l'Europe, l'Afrique et l'Amérique. La route des navires négriers forme un triangle : c'est pourquoi on parle de commerce « triangulaire ».

1. Le départ : En Europe, les navires négriers embarquent fusils, poudre, perles, alcool, barres de fer, laine…

2. Étape 1 : Une fois arrivés en Afrique, ils font du troc avec les rois africains et les marchands. Ils échangent leurs marchandises contre des esclaves.

3. En mer : Les bateaux négriers, chargés d'esclaves, traversent l'océan Atlantique.

4. Étape 2 : Ils gagnent l'Amérique ou les Antilles. Là, les esclaves sont vendus à des « planteurs », des propriétaires de grandes plantations. D'autres esclaves vont creuser des mines d'or ou d'argent.

5. Le retour : Puis les navires retournent en Europe, chargés de sucre, café, tabac, coton, rhum… achetés sur place. Ces cargaisons sont revendues ou échangées contre des produits qui seront portés en Afrique. Et ainsi de suite !

AMÉRIQUE

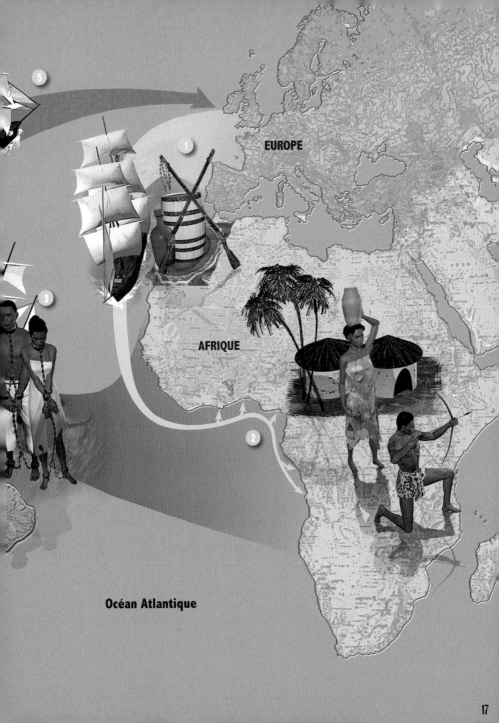

EUROPE

AFRIQUE

Océan Atlantique

monter les captifs sur le pont. Ils les forcent à danser pour faire de l'exercice et à se laver. Ils les nourrissent de fèves, poisson et riz. Le chirurgien du navire les examine. Beaucoup sont malades, les plus faibles meurent. Un jour, un homme désespéré se jette à la mer, sous le regard épouvanté de Coumba.

Les marins se méfient des prisonniers : ils craignent une révolte et sont sans cesse sur leurs gardes. Les captifs qui désobéissent sont fouettés.

Une fois, une dispute a lieu entre deux marins. Coumba ne comprend pas la langue des Blancs, mais une vieille femme qui la connaît lui traduit leurs mots. Le premier marin peste :

– Je déteste ces Nègres* ! Ils n'ont rien dans le crâne, ce sont des brutes, leur âme est aussi noire que leur peau !

L'autre répond :

– Et moi je n'aime pas comme on traite ces esclaves ! Ce ne sont pas des bêtes, par Dieu !

Ce dernier offre même un jour un morceau de lard à Coumba. « Lui au moins n'est pas méchant, songe-t-elle. Mais les autres, je les déteste tous ! »

* Mot péjoratif pour désigner les Noirs.

CHAPiTRE 3

VENDUE !

Enfin, au bout de deux mois de navigation, le voyage infernal se termine. Le navire aborde à la Barbade, une île au large de l'Amérique. Quelques jours plus tôt, on a tout fait à bord pour donner une bonne apparence aux futurs esclaves : on les a mieux nourris, lavés, rasés, on a huilé leur corps pour le rendre brillant, maquillé leurs blessures… Le capitaine a souri :

– Comme ça on tirera un meilleur prix de la marchandise !

À terre, Coumba se retrouve dans une grande salle. Elle est propulsée sur une estrade avec trois autres prisonniers. Une foule de riches Blancs les observent, ils s'agitent et parlent fort : ils sont là pour acheter les esclaves aux enchères.

Un homme barbu grimpe sur l'estrade, tâte le dos de Coumba, son ventre, examine ses dents... Tremblante de peur et de honte, la fillette gémit :

– Je ne suis pas un animal !

Nul ne l'entend. Peu après, la voici achetée avec d'autres captifs par le Blanc barbu. Il les fait marquer au fer rouge, avec ses initiales. Sous la brûlure, Coumba hurle de douleur. Avant d'être emmenée, elle aperçoit Sourou qui lui fait un signe d'adieu. Jamais elle ne la reverra, elle le sait.

Le temps passe. Désormais, Coumba vit enfermée dans la grande maison coloniale de ses maîtres, M. et Mme Byrd. Ils possèdent une vaste plantation de canne

à sucre où travaillent une foule d'esclaves noirs. Ils ont renommé Coumba « Jenny ». Elle déteste ce prénom et murmure souvent :

– Je ne suis pas Jenny, je suis Coumba, « celle qui possède la force » !

Peu à peu, elle apprend la langue des Blancs. Et elle devient une petite esclave domestique. Elle fait la lessive, le ménage, surveille Gabriel, le bébé capricieux qui hurle dès qu'il est contrarié, prend soin de Petty, le petit chien qui mange mieux qu'elle, aide à la cuisine…

Tant que ses maîtres ne sont pas couchés, elle doit se

suite page 25

L'ESCLAVAGE EN AMÉRIQUE

La naissance des États-Unis

En Amérique du Nord, les territoires colonisés par les Européens appartiennent à divers pays. Parmi eux, il y a 13 colonies britanniques. En 1776, celles-ci se révoltent contre la Grande-Bretagne et votent la Déclaration d'Indépendance des États-Unis d'Amérique. Ce texte est rédigé par Thomas Jefferson. Il déclare que tous les hommes naissent égaux. Mais l'esclavage reste légal.

Les esclaves domestiques

Les « nègres de case » sont employés dans la maison de leurs maîtres et ils sont moins nombreux que les « nègres de plantation » qui travaillent la terre (voir p. 35). Les femmes servent comme servantes, cuisinières, nourrices, couturières. Les hommes faibles ou âgés sont jardiniers, serviteurs, cochers. En permanence sous le regard de leurs maîtres et de leurs maîtresses, ils n'ont pas non plus la vie facile.

Le Code noir

Les esclaves sont la propriété de leurs maîtres qui ont droit de vie et de mort sur eux. Toutefois en 1685, les Français établissent un ensemble de règles, le Code noir. Censé améliorer le sort des esclaves, il définit leur statut par rapport à la loi. Il y est écrit que les esclaves ont certains droits, comme celui de se marier. Mais ils sont considérés à la fois comme des hommes et comme des objets.

Racistes !

Beaucoup de Blancs sont racistes envers les Noirs. À l'époque, ils les considèrent souvent comme des êtres inférieurs, des sauvages qu'il faut civiliser. Ils les méprisent, disent que leur âme est sombre. En fait, ils ne les connaissent pas et ne les comprennent pas. Hélas, le racisme n'a pas totalement disparu de nos jours…

tenir debout au cas où l'on aurait encore besoin d'elle.

Mme Byrd crie souvent après Coumba :

— Tu as mal nettoyé le sol ! Tu sens mauvais ! Mais regarde donc où tu mets les pieds, Jenny, tu marches sur ma robe !

Coumba ne répond pas. Mais le soir, sur la paillasse où elle dort, elle s'imagine en train de lui faire avaler son chapeau à voilettes !

Heureusement il y a Abigail. Cette vieille esclave est tendre avec Coumba et lui offre souvent en douce des beignets qu'elle cuisine. « Dommage qu'elle perde un peu la tête ! remarque la fillette. Hier, elle a encore failli mettre du piment à la place du sel ! »

Et puis il y a John, le fils de M. et Mme Byrd. C'est le seul de la famille à être gentil avec elle. Il est à peine plus âgé qu'elle. Il aime dessiner les oiseaux et les arbres. Hier, son père l'a grondé car il avait peur de l'orage. Il possède un petit cheval qu'il adore. Dans sa chambre, John a des jouets extraordinaires pour Coumba : des soldats en métal, un cerf-volant, un jeu de l'oie, et surtout une maquette de moulin à vent qui fascine la fillette…

suite page 28

DES HOMMES VENDUS AUX ENCHÈRES

En Amérique et aux Antilles, les esclaves sont vendus aux enchères, comme des objets. Quel acheteur offrira le meilleur prix ?

1. L'affiche. Pour annoncer les ventes d'esclaves, des affiches sont placardées dans les rues et des annonces paraissent dans les journaux.

2. Les esclaves. Hommes, femmes et enfants sont vendus sans tenir compte de leurs liens familiaux. Les enfants sont séparés de leurs parents. Les esclaves sont vendus de façon individuelle ou par groupes de 4 ou 5. L'esclave le plus recherché est un homme jeune, solide, sans défaut physique. On l'appelle « la pièce d'Indes ».

3. Le capitaine négrier. Pour vendre tous les esclaves, il glisse parmi ses « lots » des femmes, des enfants ou des hommes âgés qui ont moins de valeur.

4. Les acheteurs. Pour juger de la bonne santé des esclaves, ils les examinent comme ils le feraient pour des animaux.

Un jour, le garçon lui propose :

– Tu veux jouer avec moi ?

– J'aimerais beaucoup, monsieur John, mais je n'ai pas le droit, soupire-t-elle. Et puis j'ai du travail…

Et elle prend son chiffon pour faire briller les porcelaines alignées sur l'étagère. Mais ce jour-là, Coumba a la tête ailleurs. Elle heurte un joli vase qui s'ébrèche en tombant.

Mme Byrd surgit :

– Que tu es maladroite ! Tu seras privée de repas jusqu'à demain. Et gare à toi si tu recommences !

Soudain, cet incident rappelle à Coumba la statuette brisée de grand-père Adjilé. Et elle se souvient de sa promesse. Alors elle déniche un beau morceau de bois dur. Et chaque soir, pendant son peu de temps libre, elle tente de le tailler pour lui donner la forme du dieu-crocodile. Pour l'instant, ça n'y ressemble pas !

« Mais j'y arriverai, songe-t-elle, et je l'offrirai à grand-père Adjilé quand je rentrerai. » Car un jour elle retournera dans son village, c'est certain !

CHAPITRE 4

UN SERPENT DANS LES CHAMPS

Un après-midi, M. et Mme Byrd reçoivent un couple d'amis. Coumba doit leur porter des rafraîchissements dans le petit salon, mais bébé Gabriel a mal au ventre et le fait savoir à grands cris. Elle masse le ventre du bébé puis l'installe sur son dos, comme elle le faisait avec son petit frère. Enfin elle apporte les boissons, en prenant garde à ne rien renverser. M. Byrd remarque :

– C'est bien, tu progresses, Jenny. Mais… voilà une heure qu'on attend nos boissons !

Sa femme bougonne :

– Oui, et je n'aime pas te voir porter Gabriel ainsi. On n'est pas en Afrique, ici !

– Oui, madame, non, madame, soupire Coumba.

À cet instant, Mme Byrd s'assoit sur le fauteuil et pousse un hurlement. Une aiguille à coudre s'est plantée dans ses fesses !

Coumba ne peut s'empêcher de rire. Furieuse, sa maîtresse glapit :

– Tu l'as fait exprès, j'en suis sûre !

– Mais non, ce n'est pas moi ! proteste Coumba.

Elle sait bien que la coupable est la pauvre Abigail qui a oublié son aiguille.

– Ne mens pas, poursuit sa maîtresse. Qu'on lui donne le fouet !

Son mari intervient :

– Voyons, ce n'est qu'une étourderie !

Les invités renchérissent :

– Mais oui, c'est sûr ! Ne la fouettez pas pour si peu !

À propos, savez-vous qu'en Angleterre on parle de mettre fin à l'esclavage ?

M. Byrd s'exclame :

– Hein ? Mais comment ferais-je tourner ma plantation sans mes esclaves ? Mon affaire coulerait, ce serait la ruine !

Sa femme revient à son idée :

– Bien, alors qu'on me débarrasse de cette petite incapable ! Qu'elle aille dehors avec les autres.

Et c'est ainsi que Coumba se retrouve à travailler dans la plantation de canne à sucre. Toute la journée, accroupie dans les champs avec d'autres enfants et des femmes, elle arrache les mauvaises herbes. Elle remplit des seaux d'eau

qu'elle porte aux esclaves masculins. Ceux-ci creusent la terre, récoltent les cannes à sucre, les broient au moulin… Leur travail est très dur. Tous sont surveillés par les commandeurs, armés de fouets qui claquent au moindre faux pas.

Le soir, Coumba regagne la case* où elle dort avec d'autres esclaves. Parmi eux, il y a Abel, toujours de

* Case : cabane des esclaves.

mauvaise humeur, à qui on a coupé une oreille quand il a tenté de fuir. Il y a aussi le bon Jason qui élève trois poules, et sa femme Tillah qui chante si bien. Ils forment un peu une famille pour Coumba. Sa famille, elle y songe toujours très fort. Et le dimanche, jour de repos, elle continue de sculpter maladroitement son dieu-crocodile.

Hélas, un soir, voilà qu'il a disparu ! Elle rugit :

– Qui m'a volé ma statuette sacrée ? Elle était là, près de ma natte !

Abel bougonne :

– Ce bout de bois tordu ? Je l'ai pris pour faire le feu !

Coumba enrage. Tant pis, elle recommencera !

Le lendemain, alors qu'elle travaille au champ, elle entend soudain un cri de terreur. Elle se précipite. John, le fils de ses maîtres, est tombé de cheval, il est à terre et se tient la cheville en grimaçant de douleur. À deux pas de lui, un serpent se tient immobile, menaçant. Un fer de lance, à la morsure mortelle !

Coumba fait signe au garçon de ne pas bouger. Elle connaît les serpents. Le moindre geste violent les effraie et alors ils peuvent attaquer. Par contre ils aiment qu'on

suite page 38

LES « NÈGRES DE PLANTATION »

Les autres travaux des champs

En plus de la canne à sucre (voir p. 36), les esclaves récoltent aussi le riz, le tabac… Au XIXe siècle, la culture du coton se développe beaucoup au sud des États-Unis. Adultes et enfants le cueillent jusqu'à 20 heures par jour.

Des cases et un jardin

Les esclaves sont logés dans des cabanes, les cases. Ils élèvent quelques poules, chèvres ou cochons et cultivent leur potager. Le soir et le dimanche, ils se réunissent autour des cases, discutent, jouent de la musique. Issus de peuples différents, ils ne parlent pas la même langue. Aux Antilles, ils inventent une langue commune, le créole : un mélange d'anglais, français, portugais et langues indigènes.

Des femmes pour le maître

Les maîtres peuvent disposer à leur guise des femmes esclaves et les forcer à avoir des rapports sexuels avec eux. Leurs enfants, métis, sont souvent affranchis.

Les châtiments

En cas de désobéissance ou de fuite, les esclaves sont cruellement punis. On les fouette, on peut aussi leur faire porter un énorme collier de fer, les torturer ou encore leur couper les mains ou les oreilles. Les maîtres veulent donner l'exemple afin d'éviter que d'autres rebelles les imitent.

Gare aux révoltes !

Souvent les esclaves se révoltent : ils sabotent les moulins, brûlent les champs, empoisonnent les maîtres… En 1791, dans l'île de Saint-Domingue, 100 000 révoltés pillent tout et repoussent les armées espagnoles et britanniques. À leur tête, Toussaint Louverture, un affranchi, est nommé gouverneur de l'île. En 1804, l'île devient Haïti, une république indépendante dirigée par des Noirs.

LES TRAVAUX FORCÉS DANS UNE PLANTATION

Du matin au soir et parfois la nuit, par tous les temps, les esclaves travaillent aux champs. Ici ils récoltent la canne à sucre. Un travail épuisant !

1. La coupe

La tâche la plus pénible : couper les cannes à sucre, à l'aide d'une machette. Elle est confiée aux esclaves les plus robustes.

2. Les commandeurs

Armés de fouets, ils surveillent en permanence le travail des esclaves. Leurs chiens montent aussi la garde et sont lancés à la poursuite des captifs qui tentent de s'enfuir.

Les femmes
[El]les font des actions répétitives et monotones, [c]omme porter des bottes de cannes à sucre.

Les enfants
[Ils] travaillent souvent dès 8 ans. [Ils] désherbent ou portent de l'eau aux autres [e]sclaves, qui ont très chaud en été.

Les vêtements
[L]e maître fournit des vêtements à ses esclaves, ainsi que leur nourriture de base : farine de manioc, bœuf salé, poisson…

6. La canne
Cette plante contient du sucre, un produit de luxe qui a un grand succès.

7. Le moulin
C'est ici que l'on fabrique le sucre en broyant les cannes. La chaleur y est épouvantable et le bruit des machines infernal.

leur parle doucement, c'est grand-père Adjilé qui le lui a appris. Très lentement, avec précaution, la fillette s'accroupit et murmure :

– Poursuis ton chemin, serpent, on ne te veut pas de mal !

Le serpent ne bouge pas et l'observe de ses yeux froids. L'instant dure une éternité. Coumba entend John respirer fort. Puis, sans un bruit, la bête se détourne et se faufile dans les broussailles. Stupéfait, John s'écrie :

– Tu m'as sauvé, Jenny ! C'est de la magie !

Sans réfléchir, elle réplique :

– Je m'appelle Coumba, monsieur John, pas Jenny !

Le jour suivant, la petite esclave découvre devant sa case la maquette du moulin à vent, qu'elle admirait tant. Un papier y est accroché. Elle ne sait pas lire mais Tillah a un peu appris. Il y est écrit : « Pour Coumba ».

CHAPiTRE 5

ViVE LA LiBERTÉ !

Les jours défilent, mornes et sombres. Dans la plantation, une femme est morte d'épuisement… ou de tristesse. Un garçon qui a volé un cochon a été emprisonné une semaine dans un carcan, un collier de métal. Depuis, il ne parle plus.

Coumba rêve de fuir, mais comment ? Les esclaves sont toujours sous surveillance. Et elle est si fatiguée…

Un dimanche, tandis qu'elle ramasse les œufs des poules de Jason, elle surprend une conversation entre les esclaves d'une case voisine :

– Tu te rends compte ? Quarante livres pour acheter sa liberté !

Coumba les interrompt :

– C'est quoi cette histoire ?

– C'est M. Byrd qui l'a dit : si on lui paye quarante livres, on est affranchi, libre !

Coumba s'étonne :

– Mais aucun esclave ne peut avoir tout cet argent !

À cet instant, elle aperçoit John qui passe au pas à cheval, sur le sentier tout près. Il la regarde l'air songeur, puis lui fait un signe amical avant de s'éloigner.

Une nuit, Coumba est réveillée par des cris affolés et des coups de feu. Elle se lève d'un bond. Des flammes lèchent les murs du moulin là-bas et courent dans les champs. Des esclaves ont mis le feu, c'est une révolte !

L'un d'eux crie :

– Fuyez, mes frères !

suite page 43

L'ABOLITION DE L'ESCLAVAGE AU FIL DU TEMPS

1688

En Amérique du Nord, les quakers, une communauté de pionniers religieux, sont les premiers à publier un texte critiquant l'esclavage des Noirs, « la protestation de Germantown ». Il n'est pas encore question d'abolition.

1765

En Angleterre, la Société pour l'abolition est créée. Ses membres s'élèvent contre la façon dont on traite les esclaves dans les colonies britanniques. En France, la Société des amis des Noirs naît en 1788. Elle prône l'égalité des Blancs et des Noirs libres, l'arrêt de la traite.

1794

En France la Révolution vient d'avoir lieu. Les hommes sont tous considérés égaux et l'esclavage y est aboli. Mais en 1802, Bonaparte, futur Napoléon Ier, rétablit l'esclavage.

1807

L'Angleterre supprime la traite des esclaves et fait la chasse aux bateaux négriers.

1848

Sous la poussée d'écrivains tels Rousseau ou Victor Hugo et d'hommes politiques, tel Victor Schœlcher, l'esclavage est définitivement aboli en France.

1865

Aux États-Unis, la guerre de Sécession prend fin. Elle opposait le Nord du pays, abolitionniste, contre le Sud, esclavagiste. Le Nord a gagné. Le président Lincoln abolit l'esclavage. Les années suivantes, beaucoup de pays font de même : Portugal, Espagne…

1948

La Déclaration universelle des droits de l'homme, approuvée par 50 États, proclame : « Nul ne sera tenu en esclavage ni en servitude. L'esclavage et la traite des esclaves sont, sous toutes leurs formes, interdits. » Malgré cela, de nos jours, de nombreux pays pratiquent encore l'esclavage ou imposent des travaux forcés aux hommes, aux femmes et aux enfants.

DÉCLARATION UNIVERSELLE DES Droits DE L'Homme

Des captifs s'enfuient, d'autres hésitent. Vite, Coumba s'élance sur le chemin. Mais soudain des flammes géantes se dressent devant elle. Elle fait demi-tour, tombe, se relève, court… et se retrouve devant sa case !

– Reste là, Coumba, lui souffle Tillah. Ils vont reprendre ceux qui s'enfuient !

En effet, les fuyards sont bientôt rattrapés par les commandeurs et leurs chiens, et cruellement punis. Quant aux rebelles ayant mis le feu, ils sont pendus.

Après ces terribles évènements, Coumba perd espoir. Elle est condamnée à passer sa vie comme esclave des Blancs, sans aucun droit et sans liberté. Elle n'a plus le cœur à sculpter une statuette pour grand-père Adjilé. À quoi bon ?

Pourtant, un beau jour, alors qu'elle est occupée à cultiver des pois dans le maigre potager, John débarque. Très excité, il lui tend une bourse :

– Tiens, Coumba, c'est pour toi !

La bourse contient quarante livres : le prix de sa liberté ! Coumba est médusée :

– Mais que… comment… ?

– J'ai vendu Pilgrim, mon cheval, explique-t-il. En cachette.

Coumba est bouleversée. Il tenait tant à son cheval ! Il a fait ça pour elle ! Le garçon ajoute :

– Tu dois donner cet argent tout de suite à mes parents. Sinon quelqu'un va te le voler !

Quand la petite esclave présente la bourse à M. et Mme Byrd, ils n'en reviennent pas :

– Où as-tu volé cet argent ?

– Elle ne l'a pas volé, intervient John en fixant son père droit dans les yeux. Je le lui ai donné et j'ai le droit !

Ses parents hésitent mais sont bien obligés d'accepter. Incroyable : Coumba est libre désormais !

Hors de la maison, elle serre John dans ses bras. Il lui chuchote :

– Quand je serai grand, je me marierai avec toi. Et nous aurons des enfants avec la peau de la couleur du thé au lait… et nous n'aurons pas d'esclaves !

Ils se sourient joue contre joue, et leurs larmes se mêlent.

Coumba gagne la ville. Elle erre entre le port et le fort. Elle ne sait trop que faire de sa liberté retrouvée !

Dans une échoppe, elle rencontre Jonas, un ancien esclave affranchi par son maître. Il travaille comme menuisier. Le brave homme prend Coumba sous son aile.

Jour après jour, il lui apprend à travailler le bois. Coumba aime ça, elle voudrait en faire son métier. Bientôt, guidée par Jonas, elle se met à sculpter une nouvelle statuette du dieu-crocodile. Celle-ci est belle et Coumba en est fière.

Vivement le jour où elle retournera enfin dans son pays, retrouvera les siens et offrira sa statuette à grand-père Adjilé ! Peut-être même que John l'accompagnera !

Images Doc
un monde de découvertes

Retrouve Images Doc en librairie !

Les encyclopédies Images Doc · Pour découvrir l'Histoire et ceux qui l'ont faite

184 pages ● 14,90 €

Les BD Images Doc · Pour voyager au cœur de l'histoire des hommes

408 pages ● 24,90 €   200 pages ● 19,90 €   96 pages ● 13,90 €

bayard